KB024392

멧새가 와서 사랑처럼 울었다

조성림 시집

멧새가 와서 사랑처럼 울었다

달아실시선
55

달아실

일러두기

1. 본문에서 하단의 ⟩는 '단락 공백 기호'로 다음 쪽에서 한 연이 새로 시작한다는 표시임.

2. 보조 용언과 합성 명사의 띄어쓰기 등 본문의 맞춤법은 시인의 의도에 따른 것임.

나무와 같이 길었던 한 생애.

식물성에 가까웠던 한 생애.

낮보다는 밤의 세상이 더욱 주도했고 그 마음속에선 별과 달이
돛이 되었던 한 생애.

만져보면
그 모두 기적 아닌 것 어디 있겠는가.

경이롭다.

수학을 하다가 시로 갈아타고 온 서사.

아직 할 수 있는 한,
삶을, 인생을 더욱 시적인 표정으로 피력하는 일만 남았겠다.

나의 진실을 다해.
나의 진정성을 다해.

2022년 6월 현곡시거(玄曲詩居)에서
조성림

차례

멧새가 와서 사랑처럼 울었다

2부

1부

소양강

강을 풀어 바다로 가던 청춘

돌아보면
안개 아닌 것 어디 있으랴

물안개 적시며 피어올라
반짝거리던 물새의 노래

그대 속에 꽃피던
석양의 옷자락

그 모두,

이 얼마나 눈보라처럼
휘몰아치던 시구들인가

백야

한때는 눈보라가 휘몰아치고
또 한때는 혁명이
말발굽처럼 들끓었다는데

자작나무 숲으로
하얀 밤이 들어차고

자작나무의 하얀 그림자를
분간할 수 없는 밤

그 어느 혁명도 결국은
백야를
순조롭게 다스린 적이 없었다

쉬리

철원 김화에는 쉬리공원이 있고
화강花江에는
햇빛을 달고 반짝거리는
쉬리가 살고 있다

꽃강이라 이름을 지은
옛 시인의 작명에 탄복하기도 하는데

아무튼 화강은 북쪽의
산기슭에서 발원한다고 하고
한탄강으로 임진강으로
그 이름을 내주다가 마침내
서해에서 평화처럼 몸을 푼다

나도 한 시절
화강가에서 밥을 얻은 적도 있었는데
매일 새벽과 저녁이면 어김없이
화강가를 돌며
쉬리와 이야기를 나누곤 했다
〉

천천히 화강을 맴도노라면
그 비릿한 물 냄새와
물새들의 노래와
물풀들의 파란 흔들림이
쉬리와 더불어 장엄했다

지금도 전설같이
강물 속 별들이라 생각한 나는
어쩌다 쉬리를 떠올리기라도 하는 날이면
벼랑처럼 아찔하기도 하고
소스라치게
아름다움이 떼로 몰려오곤 하는 것이다

망각의 지층

나는 30년도 더 전의
탄광 도계를 지나갔다

그해 여자중학교 1학년 정심이 아빠는
그 전날 밤 탄광의 막장으로 일하러 가서는
영영 나오질 못했고

비어 있는 책상 위에는 5월의 장미가
붉게 오열하고 있었다

이 망각의 석탄층에서 다시
타오르는 불꽃들…

정심이는 그동안 얼마나
검은 지층에서 살았을까

그 검디검은 갱도의 시간을 지나

다시 푸른

유월의 녹음 속을,
그리고 그 녹음 아래 아직도 묻혀 있는
검은 아가리의 지하 갱도를 나는
아무도 모르게
지나가고 있는 것이다

자화상

오후 내내 거미는 서둘러
상현달의 허물어진 부분을
한 땀 한 땀 빠짐없이
명주실로 바느질을 해댔고

나도 저녁 내내
산비둘기의 울음에 발맞춰
시를 두드리고
운율을 조율했다

장마철이라 천둥이 친히 내려왔고
가시 위의 장미도
지상의 노래로
그대에게 바쳐졌다

명주실로 바느질하는 시구에는
달빛이 내려 빛났고
아침에는 이슬이 매달려
구슬을 꿰었다

고수동굴

암중모색,

세상의 가장 단단한
어둠 속에서

여리디여린 물방울 소리로

천년을 하루같이

예리한 펜으로

어둠에 엎드려
시를 조각하고 있었다

굴참나무

우리나라 등줄기인
소백산 골짜기
어느 산사에서

전국에서 구름떼처럼 몰려오는
굴참나무 어머니들 보았다

보따리들 이고 지고 이고 지고…

고운 얼굴들이
굴참나무가 되고
골짜기가 될 때까지
기도하고 또 기도하고…

부처님을 바짝 틀어쥐고
그 기도 들어줄 때까지
계절이 몇 번 바뀌거나 말거나
허리가 꼬부라지거나 말거나
〉

그 고운 어머니가
굴참나무가 될 때까지

우리나라 골짜기 골짜기가
울음인지
기도인지로 가득
채워지는 것을 보았다

복고풍

자갈치시장에서 소주가 나왔는데
대선이라 쓰여졌다

대선大鮮,
말하자면 '크게 신선하다'라는 뜻인데
복고풍이라 했다

실은 어느 것 하나
복고풍 아닌 것이 어디 있을까

이 한낮도 다시
밤으로 복고할 것이고
쥐어짜던 여름도 다시
가을로 한층 깊이
복고할 것이고
이 모든 삶도 다시
각자의 고향으로 돌아갈 것이다

모든 복고는

얼마나 아름다운 것인가

둥근 지구의 눈동자같이

쪽물 들이기

나주의 천연염색박물관 뒤뜰에는 이미
버스를 타고 온 한 무리의 노인들이
목도리에 쪽물을 들여
웅성거리며 빨랫줄에 널고 있었다

쪽물은
쪽풀을 심고 가꾸고 베어
태운 굴껍질 가루와 섞어
물을 우려내면
그 물은 하늘을 닮고
바다를 닮아갔다

노인들도 아마 나비같이
쪽빛을 목에 두르고
먼 하늘을 날아갈
태세다

이제는 쪽빛을 두르고 나도
하늘을 바다를

바람같이 날고 싶어
빨랫줄에 젖은 채로,
쪽물이 뚝뚝 듣는 대로
겨울 햇빛으로 나아가고 있다

발에게

돌아보면
내가 너무나 먼
밤과 낮을 걸어왔구나

너무나 먼 아지랑이
구절양장…
이 오지에서 저 극지까지,

너무 형이하학이라 책하지 말라
내 영혼도 네 등에 실려
바람같이 살았으니
그 어느 것 하나
한 몸 아닌 것 있겠는가

저 식물성의 소눈같이
어디 한 번 불평도 없이,

너와 나 이제 허청허청
노을 봇짐 등에 지고
〉

그저 설핏 오는
노래나 지으며

오백 나한

영월 송학산 창령사 터에서
천 년의 오백 나한이
어느 농부에 의해
밭에서 출토되었다

천 년을
땅속에서 살다가
급기야 허름한 농부의 손에 의해
햇빛을 보게 된 것이다

폐사 터에서
맛보는 숨 막히는 영혼들

돌 속에서도
이렇게 숨 막히는 생명들이
숨 쉬고 있었으니

나한이란
내 안에 존재하는 깨달은 자라는데
〉

돌 속에서 숨 쉬는
그 질박하고
순수한 삶의 진솔한 얼굴, 얼굴들…

천 년을
땅속에서 살았어도

지금 나의 내면
깊숙이 숨을 불어넣는
저 진실한 모습에

꽃처럼 내가 저문다

곡우

어제는 곡우 날
비는 없고
볕이 좋아
뒤란 텃밭에
삽으로 땅을 파 엎고
채소 씨앗을 묻었다

흙을 파고드는 삽 소리는
예리하고 깊었다

씨앗들은 제각각
모양과 크기가 달라도 모두
생명의 그림자를 품었다

씨앗들은 어두운 땅속에서
자신을 버려
거짓말처럼 새싹을 내밀 것이다

옥수수 활콩 상추 시금치 얼갈이배추 무 근대 파를

차례대로 묻으니
무슨 신성한 의식 같았다

일상생활을 받쳐주는 고귀한 이름들…

동이 틀 무렵
어두운 창가에는 벌써
멧새가 와서 사랑처럼 울었다

신선한 새벽
이 부활의 날
원시의 삽 소리 같은 새벽

가보자 국밥집

국밥집은 골목의 골목을 돌아

한 생의 막창까지 견디며
생의 끝까지
가봐야 할 것이다

국밥집엔 언제나
하루하루를
가마솥에서
설설 끓여대고 있다

말매미는 때죽나무를 붙들고 앉아
가을을 들어보라고
온몸을 쥐어짜며
죽어라 울어대도

죽지 못하는
막다른 골목으로
기어드는 인생들
〉

내장으로 가득한 국밥 한 그릇,
앞에 놓으면
삶은 신성하고도 뜨거운 거

봉숭아 앞다투어 피어나도
막다른 골목은 애잔한 것

삶처럼 뜨거운 골목에서도
가슴은 울컥 뜨거운 거

부담롱

부담롱負擔籠은 150여 년 전
말이나 소 위에
책이나 옷을 넣어
운반하는 자그마한 농짝이다

코끼리 눈을 새겨
구멍을 뚫고
아름다운 무늬가 물결치는,

피나무로 제작을 하여
가볍고 단단하고 간결한
시구 같았겠다

귀한 물건을 넣어 옮긴다는 것은
얼마나 깊이 설레는 세월이겠는가

부추꽃

나는 천성이 게을러
여름을 놓치고
밭뙈기 끝에서는
부추꽃들이 피어났다

오히려 나의 게으름을
좋아라, 했을 것이다

흠, 게으름도 꽃이 되다니…

푸른 몸의 저 끝에서
피워 올린 하얀 왕관들

가을볕의 후광을 입어
장관이다

벌써 어느 먼 나라에서 온 사신들인지,
벌들이 날개 춤을 추며
내가 없어도
잔치는 무르익었다

죽방멸치

햇빛이 쏟아져 찰랑거리는
저 남해의 끝

멸치는 원시 그대로
죽방렴으로 잡는다 했다
말 그대로
대나무를 빈틈없이 세워
썰물이 나면
멸치들이 빠져나가지 못해
햇빛처럼 보글보글 빛이 나던,

그물로 떠서
집에 나오는 대로 곧바로
찌고 체에 받쳐
응달에 그 몸 바짝 마르면

멸치는 다시 갓 태어나는
맛깔나고 반짝이는
굵직굵직한 하나의 어족
〉

하기야 거기
원시 아닌 것
어디 있을까

멸치 바다 대나무 나룻배 태양…

원시가 듬뿍 조미료가 되는
그 맛

푸른 바다 그대로
맛깔스럽다

만월

오늘은 아침부터 지내리에서
비닐하우스 짓는 것을 도왔습니다

녹슨 못을 빼고
꺾쇠를 채우고
비닐을 씌우고
철사를 끼우고,

빈 밭에
비닐집을 짓는 것도 그리
간단치 않았습니다

올해는 거기에서
고추꽃이 하얗게 샘솟겠고
파란 고추가 꼿꼿해지겠고
마술처럼
빨간 고추로 변했다가
마침내는 노을처럼
갖은 양념 속으로 스며들겠지요
〉

집을 짓는다는 것은
영혼을 세우는 일

간간이
차와 술과 안주와 밥을
대접 받았습니다

집을 한 채 완성하니
어스름이 내려왔고

대룡산 능선 위로
세상에서 제일 크다는 만월이
휘영청 꽃피었습니다

위대한 하루
지폐를 쓰듯
기분 좋게 지불했습니다

발자국

어젯밤 폭설이 내려 쌓였는데

들고양이 한 마리
제 빈 밥그릇에
흰 눈이 고봉으로 쌓여 있는데

흰 눈은 밥이 안 되는지
발자국이 혼자 왔다가

다시 쓸쓸한 발자국이
눈 위로 걸어갔다

허기의 발자국 한 마리를
설경이 채워주지 못했다

2부

그대의 손끝

코끼리는 세상에서 가장 덩치가 크고
성격이 온순하고
주름이 많다

그 어마어마한 주름의 골짜기

두 손이 두 눈인 아이들이
그 주름의 골짜기를
말없이 건너가는 것을 보았다

지금은 5월,
창밖에는 코끼리 귀처럼 넓어지는
잎사귀들의 계절

아이들이 밤의 나뭇가지에다
꽃을 매달고
등불을 매다는 것 또한 보았다

그리하여 마침내

나뭇가지마다 빛이 되고
아침이 되고
태양이 떠오르는 것을 보았다

이 신록이 그대에게서 오는 것을,

슬픔을 건너
간절한 사랑으로
그대의 손끝에서 오는 것을

보자기

보자기는 펴놓으면 정사각형이었지만 또한
일정한 형체를 지니고 있지 않았다

달항아리를 만나면 달항아리가 됐고
수박을 만나면 수박이 됐다

그렇다고 해서
보자기를
뼈가 없다거나
존재감이 없다 라고
함부로 말하지 말라

보자기가 보자기를
싸 안아 든 적이 없듯이

어머니가 혼자서 밤처럼 울면서
한 번이라도
자신을 싸 안아 든 적이 있는가
〉

보자기는 어디에서건
너를 위하여
따뜻한 가슴을
펼치고 있는 것이다

코

세상에는
콧대가 높은 자들도 많다는데

언젠가 내 진흙에도 훅,
구멍에 숨을 깊이 불어 넣었다

어제는 산골 햇봄의 집안을 들어가는데
귤나무에는 별 같은 꽃들이
향기를 쏟아
벌에 쏘이듯
그 향기에 온몸이 감전되어
자지러졌다

오늘도 밀물 썰물로 들고 나는 풀무질로
깊은 숨을 쉬며

내가 이 땅에 남아
토성으로 걸어가며
나도 사람의 향기가 될 수 있을까,
〉

굴나무에게 묻고 또 묻는 밤이다

안동역

노래가 뜬다기에
이른 봄
바다로 가는 길에 일부러
선비의 고장에 들렀다

세기의 병균이 창궐하여
역도 텅텅 비어 있고

어느 가수의 노래비 앞에서
사진도 찍었다

첫눈이 올 때 만나자고 했던
그 언약을
새벽부터 무릎까지 눈은 내려 쌓여도
사랑하는 연인이 오지 않는다는
그 노랫말,

눈이 펑펑 내려 쌓여도
오지 않는 사랑은 애달픈 것,
〉

식당도 모두 문을 닫아걸어

배가 허물어져도

사랑이 오지 않으면 더더욱 애절한 것

수레국화

한 생을 다 바쳐
나무를 베어내고
다듬고
둥근 수레를 꾸며갔습니다

둥근 해와
둥근 달과 같은
수레

그 많은 세월 동안
뒹굴고 뒹굴어
수레바퀴가
둥글어졌습니다

뼈아픈 세월일랑
보랏빛 여명 속에
꽃이 되었습니다

이 모든 것은

그대에게 가는 수레

나는 보랏빛 등짐을 지고
나귀와 같이
그대에게로 가는
둥근 세월

이 모든 것은
온전히 그대의 것

나의 등짐도 보랏빛으로
여명에 가 닿습니다

옷핀

새벽 첫 시내버스를 타려는데
정류장 바닥에 붉은 종이꽃 하나 매단
옷핀이 떨어져 있고
그 씨방에
까만 씨앗처럼 '너를 위하여' 라고
글씨가 새겨져 있는 것이다

너를 위하여…

내가 한 번이라도 나를 넘어서
너를 위한 적이 있었는가

작은 꽃송이 하나
가슴에 뭉클,
달아본 적이 있었는가

나를 건너면
그 모두가 귀하고
또 귀한 꽃

마두금

마두금은 사막의 노래

말머리를 하고
달리고 싶은 발굽 대신
강물 같은
현의 세계를 내어놓네

현을 뜯으며
향처럼 노래를 피워
저 천공에 올리고 있네

말 못 할 애달픔이 녹아
달처럼 깊은
우물을 길어 올리네

현에서 현을 건너는 노래

저 먼 가슴의 골짜기에서
이 가슴의 골짜기를
달처럼 혼자서 건너오는 노래

고모

산꿩 소리에 놀라
산밤이 정신없이 굴러떨어졌다

허드렛일과 밭일로
온갖 풍상을 다 보냈는지 고모에게도
서러운 가을이 들어차고
보랏빛 산국에게도 이슬이 맺혔다

말 못 할 억새들이
산등성에서 꽃을 풀었고
비단처럼 살결이 빛났다

밤을 깊이 건너왔는지
백자의 하현달 하나
서쪽에서 뼈만 남아 눈부셨다

소양강에 나를 씻다

평생
갈대로 서서
푸른 세월에
낯을 씻고 귀를 씻네

사계절
강마을은 물오리들 띄워놓고
보석같이 눈부신 물비늘에
나 하루같이 사무치네

석양을 등에 업고
강나루에 나앉으면
이 세상
아리지 않은 가슴 어디 있는가

속살 깊은 거울 속에
버들치 같은 나를 풀어주면
거기,
사랑 아닌 것 어디 있겠는가

위대한 마술

젊은 그는 이제
독보적인 마술사로 성장했고
지방의 소도시에도
그의 마술이 온다고
거리에는 한 달 전부터
숱한 현수막들이 펄럭거렸고
비어 있는 원통에서 비둘기를 꺼내 날리거나
수십 가지의 마술을 종횡무진 선보였다

그 무렵 아이들은 장수풍뎅이의
굵고 징그럽고 허연 애벌레를 풍물시장에서 사 와서는
투명한 유리병에 썩은 거름과 같이 넣어줬는데
꾸물꾸물 웅크리고 있다가 며칠 사이
꿈틀 꿈틀대더니만
웬걸, 거기에서 번데기로 변하는 것 아닌가
앗, 이 놀라움이라니,

또다시 번데기로 보름을
쥐죽은 듯 잠을 자고

다시 꼬물 꼬물거리더니만
점점 변하여
딱정벌레의 장수풍뎅이를 토해내는 것이 아닌가

누구의 손길이 와 닿았는지
이 우화,
이 위대한 마술,

자세히 보니 인생이 모두
마술 아닌 것이 없었다

트로트 사랑

봄이 물결치는 복숭아 과수원엔
트로트를 나뭇가지에 걸어놓고
하루 종일
마무리 전지를 하고 있다

꽃봉오리도 아직
붉어지지 않은 나뭇가지에서
트로트는 하루 종일
목이 쉬어라 노래하고 있다

너만 사랑한다고
오로지 너만 사랑한다고…

오로지 너만 사랑한 가지마다
붉게
너의 뺨처럼
어느 종교처럼
불을 지피며
뜨겁게

복사꽃 오리라

믿음 그대로
오고 말리라

네팔 여자

전설같이
어린 네팔 여자가 시집을 와

두려움도 없이 까마득한
잣나무에 기어올라 혼자서
잣을 따네

까닭도 없이
사내는 몇 년 전
무덤으로 떠나고

아들 하나 달덩이처럼 자라
벌써 열두 살이 되었네

그 아들에게
밥 넣으려고
겁도 없이 또
잣나무를 기어오르네
〉

아들이 나무 아래서
가슴을 조아리며
"엄마 힘내세요…"
슬프디슬픈
노래의 골짜기를 부르고 있네

어쩌다 헛디디면
나뭇가지에 걸려
가슴을 또 쓸고 오네

계산기도 없이
종이 위에 계산을 하며
멀고 먼 사랑을
울고 있네

천 개의 별

늦가을
감나무 아래

저 천 개의 별을
받아 적은 시구

저 휘몰아치는 행간을
내 어찌 쫓아갈 수 있겠는가

나는 그저
장대를 높이 들어
나뭇가지를 헤치며
저 가슴 속에서
묻어나는 별들을
한 알 한 알
자루에 담아서는
등짐을 지고
마을 이웃들에게 나누어 주었다
〉

내가 할 수 있는 일이란
그 빛을 골고루 나누어 주는 것

나누어 주노라니
어느새
그 빛이 내 옷자락에도
물드는 것

그리하여
땅거미가 져도 다시
별이 내 가슴에도
살랑살랑 돋아나
그대가 새초롬히
눈을 뜨는 것

또 와락
밤이 들이닥쳐도
천 개의 별이 어느덧
숱한 꽃이 되는 것

지구의 눈물

봄이 온다기에 서둘러
꽃집에 들러
설레는 마음으로
꽃 화분 세 개를 사는데

지구 저편에서는 돌연
악령 같은 전쟁이
불붙고 있다

예부터 인간의 고질적인
저 악귀

스스로 인간이기를 포기하는
저 아수라

나는 그저
기도처럼
마음의 평화처럼
세 개의 촛불을 들고 오는데
〉

저 어리석은 인간들 위로

골목을 달려가는 여인의 절규와
흐르는
지구의 눈물을 보았다

결혼기념일

사실 기념할 것도 없는
40년도 벌써 훌쩍 달려가는데
올해는 꽃가게에서 꽃다발 대신
작은 화분에 남아 있는
화초를 여럿 골랐다

달력에는 십 일 앞으로
까만 개미처럼
상강霜降이 걸어오고 있었다

매년 상강 앞뒤로 어김없이
무서리가 새벽이면 얇고도 하얗게
논밭을 평정하는 것을 보곤 했다

가을도 깊숙이 들어온 터라
작은 화분의 화초들도 이미
계절을 감지하는지
이파리의 색깔도 변색이 되어 있으나
그래도 가지 끝에는

남은 꽃송이들을 몇 송이씩
끈질기게 꼭 껴안고 있었다

다행히도
그 남은 꽃송이에서도 흠칫
자신의 향들을 애써
코끝으로 뿜어내고 있었다

어느덧
그 40여 년의 시간 뒤로
온갖 그림자들이 휘감고 지나갔다

꽃 같던 시간…

화원 주인은
노지 화초가 아니니
다른 화분에 옮겨 심어
실내의 햇빛 좋은 창가에 놓아두면
겨울에도 한동안

줄기 끝에 꽃을 매단다고 하였다

봄 여름 가을 그리고
겨울을 건너가는 꽃이라니,
말로만 들어도 벌써
가슴이 뒤흔들렸다

그리하여 하염없이
설경 속에 핀 꽃들이 자꾸만
내 안에서 피어났다

3부

시인의 집

정라항이 발밑으로 빠히
내려다보이던 언덕배기

집들은 예나 지금이나 똑같이
게딱지처럼 다닥다닥 피어나고

사시장철 세찬 바람만이
뻥 뚫린 가슴으로 드나들어
벼랑 위에서 쏟아져 내리는 집들

그리고 가파른 세파 위에
아슬아슬 걸려 있었을 세월,
가슴 무너져 아름답다

아마도
그 아버지와 엄마는
수없이 울음 같았을 바다를 바라보며
거미줄 같은 절벽으로
생선들 숨죽여 퍼진 고무 함지를

수없이도 이고 지고 이고 지고…
기어올랐을 저 절망,

달동네
등대 같은 꼭대기에도
꽃처럼 시가 피어났던가,

오늘 빗줄기 속에
그 바다를 후광으로 업고는
안개가 바다와 산들을 한꺼번에 불러모아
처연한 흑백으로 수묵화를 치고 있었다

심사평

어느 시인은
전국 고등학생이 보내온
작품의 백일장에서
좋은 시를 발견하고는

심사평 가운데

"장차 시인이 되어서도
시인보다도 시의 따뜻한 마음을
소유한 사람이 되었으면 좋겠다"라는
평을 썼는데

그 빛나는 한 문장이
불현듯
나를 후려치고 있는 것이다

손

유년에서 죽음에 이르기까지

곁에서 그림자가 되어
하나에서 열까지

먹여주고 씻어주고 닦아주고 입혀주고
밤새운 사랑의 고백을 대필도 하고
선하거나 악한 일도 도맡고

심지어는
관능의 음부에서
저 촛불과 같은 기도에 이르기까지

영혼의 표현으로
세상의 파도를 앞서 헤쳐 나가시다

황금나무

시월이 온통 물들어가던
연금술의 오후

나도 일상의 간식처럼
약봉지를 챙겨 들고
찾아들던 병실에

그가 어느 먼
별로 떠나려는지
우주복을 입고
산소마스크를 쓰고 있다

어제는 정신이 안개 같았다는데
오늘은 의식이 돌아와
눈동자가 말갛게 말을 하고 있다

손을 잡으니
울컥,
산 자에게서 산 자에게 건너오는

뜨거운 물결

평생 치열하게 소설을 쓰고
소주를 지극히 아끼고
진실했다는,

창문 밖에는
나비같이 숱한 별들이 날리고

나오려는데 그가
두 눈으로 질끈
엄지손가락을 세우며
우주비행사가 되고 있었다

아름다운 발
— 백윤기 조각가

1년 만에 연다는 이번 조각전에는
발레리나 강수진의 발에 감명을 받아
그 최고 무용수의 일그러진 발을
표제작으로

소품의 소녀 소년 고양이 악어새와
실물의 백마나 적토마의 머리를
조각하여 쏟아냈다

정의의 사도 같던 용맹스러운 젊음도
어느새 온통 백발을 덮은 채

이제는 어느덧
아름답다 라는 것에 천착하여

미소로 일관하는 무용수의 발이
말없이 뒤틀리고 일그러진 채로
내면을 거울처럼 그려내고 있는 것이다
〉

새싹 같은 동심부터
광활한 들판을 호령하던 말 머리와
인생의 아름다움을 이제는
깊고 조용하기만 한 조각들이
웅장하게 말해주고 있었다

바리미 초당

화백은 산막골에서 십여 년을 기거하다가
화실이 없어
풀씨처럼 떠돌다 가까스로
맥국 왕뒤길에 안착을 하였다

어제 이제껏 아끼는 작품을 모은 화첩
'수류화개水流花開'에 사인을 흘려 넣는데

'바리미 초당'이라
거침없이 붓을 휘날리신다
바리미 초당?

말하자면 동네 뒤에
예쁜 동산 하나 있는데
그를 일컬어 옛날에는 등불 같은
'밝은 산'으로 기렸다는 것이다

그 옛날 맥국의 동산이
바루를 엎어놓은 것 같다 하여

'바루 메'
사람들의 발음들이 물 흘러가듯 하다 보니
'바리 미'
지금의 '발산鉢山'으로
이름을 굳힌 것이다

화백이 얻어 든 화실도
딸 여섯이 옹기종기 햇살처럼 살았고
소를 맸던 외양간이 바깥채에 남아 있고
천장 낮고 비좁은 곳이지만

옛사람들이 기름칠하고
반질반질한 때가 묻은 말,
'바리미'에 꽂혀

옛것과 민초들을 사랑한 화백은 벌써
'바리미 초당'을 휘날리며
붓끝으로 나비처럼 날고 있는 것이다

매화 시회

작년 산골 산방에
매화 두 그루를 모셔 왔는데

올 햇봄엔
햇살처럼 매화꽃이 터져
몇몇 시인과 화백을 모셨다

시인은 청매화꽃을 처음 보았다 했으나,
사실은 매실을 보았으니
매화꽃을 놓친 듯했다

꽃들이 사람을 부르니
더욱 귀한 자리 아닌가

사람도 꽃잎처럼
잠시라도
술잔에 꽃잎 띄워
한 수씩 읊고 갔으니
〉

옛날의 풍류가 되살아오고
꽃잎이 창문에 어리어
그윽한 향기의 시간에 다다랐다

느티나무

당신은 올해 햇봄
마당 한복판에
어린 느티나무 한 그루 심으셨습니다

느티나무는 자라고 자라
20년 후에는
제법 그늘도 넓게
자리 잡는다고 말씀하십니다

혹시나, 여름이 되어
대관령을 넘어
바다로 가는 길이 있으면

그늘이 당신 품만큼
넓은 집에 들러
국수라도 삶아 먹고 가라고
말씀을 새기십니다

바다와

당신을 품은 느티나무

그 잎사귀들이 일으키는 파도와
수평선을 향한 뜨거움을
오래도록 연출하겠습니다

부탄

병균이 창궐하던 겨울에 그가
행복의 나라로 떠난다는 소식이
눈보라처럼 문지방에 다다랐지요

하늘 아래 첫 동네

겨울 속에서도
눈송이처럼
서로 아껴주고
서로 사랑한다는,

종교가
눈의 꽃잎처럼
그늘이 되어주는 나라

돈이 적어도
눈망울들이
눈송이들로 가득한 나라
〉

추위도
춥지 않은 나라

겨울 왕국으로 그는
말없이 훌쩍 떠나갔지요

비석

소를 키우고
한학을 하신
마을 어른은 그렇게
정자를 세우고
수양버들처럼 풍류를 노래하면서
비석에 편지를 써놓고는 떠나셨다

우연히 20여 년이 지난 햇봄에
그 편지를 보게 된 것인데

'이 마을은 천 리를 달려온
목마른 말이 물을 마시고
쉬는 곳이라'

이 얼마나 휘몰아치는 명문장인가

뒤 정원에는 그분이 심어놓은
아름드리 은행나무가 자랐으나
잘려나가고
〉

눈물처럼 작약만이 가득하다

애써 정신 줄을 잡으니
산천이 온통 눈 안에 들어오고
마을이 봄처럼 부풀어 올랐다

환생

추월 남옥 선비는
조선 영조 때 사람이라
춘천 출신으로
31세에 정시에 급제하고
현감과 군수를 역임하고
제술관으로 일본에 다녀와
그곳 문인들에게 극찬을 받은 터라
영조의 총애를 받았으나
정조에 대한 의리와 도리를 주장하다가
옥사한 절의로 유명하다

특히 한시 2천여 수와
일관기 일관시초 등
수많은 저술을 남긴 문인이다

또한 춘천의 풍속을 기록한
맥풍 5언 고시를 남기기도 하고
초림체를 완성하기도 하였다
〉

어쩐 일인지 250년
역사의 겨울 속에 절벽처럼 파묻혔다가
우연히 한학자의 손끝에서
발굴이 된 것이다

일전에는 삼한골 묘소에서 몇몇이
전奠을 올리고
명창의 판소리로 서러운 혼을 불러냈다

유난히 매화를 좋아했다는
선비의 마당 앞에 오늘
매화꽃 같은 서설이 펄 펄 펄…
흩날리나니

추월 시인을 춤처럼 불러내
흩날리나니

허공에 사는 사람

가을도 어느덧
허물어질 무렵

고층아파트 30층에서
까마득히
두 밧줄에 매달려
창문을 손질하는지
청소를 하는지

혼자서 허공에 매달려
바람에 나부끼며
작업을 해대고 있다

지상은 낙엽의 계절을 가는데
저 허공은
아찔한 삶의 계절

순간을
허공에서 별처럼

집을 지으며

처절하게

소설가의 집

세상의 문을 닫고

20년 전부터
밤나무 호두나무 블루베리 아로니아 보리수 감나무를
심고

온갖 야채 씨앗을 밭에 별처럼 뿌려대고는

표고 느타리버섯을 키우고

새소리 바람소리 물소리를 온몸에 걸치고

수시로 소주를 음미하며

밤마다 머릿속을 뒤적이며
이백과 왕유와 두보와 굴원 도연명 백거이를 불러내어
한시를 서로
주거니 받거니…
〉

자급자족을 즐기며

이천 년 전과 오늘을 함께 춤추며

선주후면의 예를 깍듯이 갖추고서는

이 세상의 지평을 한껏
까마득하게 날고 있는 것이다

테라코타
— 권오현 조각가

그는 지난해
열한 점의 조각을 했다고 했다

테라는 흙
코타는 굽다 라는 라틴어

곱디곱고 붉은 흙으로
주형틀에 조각을 하고
본을 뜨고 다시
진흙의 조각을 얻어
800도의 고온에 구우면
탱 탱 맑은 소리를 울리며
가슴으로 스며든다

실은 그사이
평생을 농사로 얼룩진
그의 어머니도 집 앞
요양병원으로 모시고
요사이는 기력이 거의 쇠하여

거의 짧은 대답만 할
정도라 했다

그리하여 아마도
흙으로 자신을 꺼내어준,
기도하는 마리아상을 섬세하게
한 올 한 올의 진흙 위에
그의 마음을 덧입혀
조각했을 것이다

그리고는 마침내 불 속에 굽고
세상에 세워
파도 자락 같은 종소리를
뿌려주고 있었다

그 어머니의 말씀들이
낱알 같은 별처럼
하늘 가득
눈물로 흘러내리고 있었다

4부

울진 금강소나무숲에 물들다

등줄기를 관통한다는
백두대간에 든다는 것만으로도
저녁놀처럼 뿌리까지
설레고 설레어왔다

마치 무슨 금강경을 펼쳐 들 듯
골짜기는 깊었으나
가파르거나 요란하지 않았고
옛시조를 읊조리듯
시냇물도 차근차근 흘렀다

평범 속에
범접하지 못할 세계가 스며 있듯
계곡은 깊고도 깊었다

경전의 일상 속
그 심오함에 다다르듯
숲속은 화들짝
가슴이 붉디붉은 우레로 왔다
〉

수백 년 노을을 쌓아야
나라의 재목이 된다는

저 순수와
진실의 세월을 뚫고
나 지금 금강송에 기대어
한껏 붉은
울음으로 살아가고 있는 것이다

만휴정에 들다

500년 전
보백당寶白堂* 선생은 칠십에
폭정을 버리고 낙향한 선비

고향 묵계에 서원을 짓고
제자를 가르치는 데 힘썼다는,

건너편 계곡에
만휴정晩休亭을 짓고
만년에 쉬며
책을 읽고 사색을 했다는,

'내 집엔 보물이 없으나,
있다면 오직 맑고 깨끗함뿐이다
吾家無寶物惟淸白' 라고 바위에 새기고
마음에 새겼을 것이다

수제자인 듯
500년을 줄기차게

한순간도 쉬지 않고
책을 읽어대는 폭포 소리에

나도 또 그 제자로 들어
모든 것을 시냇물에 놓아주고는
매화향과 더불어
세월의 물웅덩이로 뛰어드는 것이다

* 보백당(寶白堂) 김계행(金係行) 선생

무주 구천동

푸른 세월 다 놓치고도
무슨 애인처럼
껴안고 싶었던 구천동

계곡에서 여전히 쏟아지는
옥구슬 굴리는 소리와
끝없는 하얀 비단의 물결

저 골짜기의 끝자락
산사가
천년처럼
초록 사이에서 고요하다

백련사白蓮寺
그 하얀 연꽃은 어디 가고

가시투성이의 훤칠한 엉겅퀴꽃이
몇 줄기 치솟아
부처처럼
빛나고 있다

백령도 두무진

늙는다는 것이 아름답다는 것을 보았는가

수십억 년의 늙음이
마치 무사의 머리 같다는 바위에
바다의 파도가 하루도 쉬지 않고
새기고 새긴 세월의 주름이
저토록 빛나는 것을 보았는가

그 늙음의 주름을 보러 오는
수만 갈매기 떼

심청이 제 몸 아끼지 않고
던진 인당수에

우뚝 솟은
그 절묘한 세월의 주름을

동강

동강은 동맥같이 가슴을 흘러
한때는 상류의
아우라지강이라든가 조양강과 더불어
별을 뜨거나 어름치를 뜨며
한 시절 강물과 같이 살았는데
그 강들도 자신의 이름을 내주고는
아프게 지우는 것을 보았다
거기 소스라치게 높은 뼝대에는
원앙을 금실로 키우기도 했는데
절벽이 절망만이 아니라고
저돌적으로 굴러떨어지는
겁 없는 어린 원앙들을
가슴으로 받아내는 동강이
더욱 새파랗게 질리는 것도 보았다

통리역

밤새도록 탄광으로
청춘을 싣고 달려가던
육중한 기관차

따라오며 따라오며
방망이질해대던 철길

꽃을 들고 흐느끼던
간이역의 숨소리

그 모두 사무치는
먼 불빛들…

통리역에 다다르면
우당탕퉁탕
해물을 사러 가던 아낙들의 양은그릇 소리와
새벽을 깨우는 비릿한 사투리와
여명에 실려 오던
한 줌 햇살의 춤이
찬란한 실타래를 풀어대고 있었다

영산포

포구가 이제는 끝내
문을 닫았다

수백 년 동안
영산강을 오르내리며
홍어를 부리던
그 아우성이 모두 떠나고
이제는 잔잔한 강물뿐이다

홍어를 삭히고 삭혀
사내를 주막으로 부르던
술잔의 노래는 멎은 지 오래

그 황토 돛배의
노을에 물들던 시간도
이제는 멀리 떠나갔다

이제 포구에 남은
홍어집 간판만이

출출하게 남아 세월을 지키고 있다
그 먼먼 세월은 떠나고
그 사랑과
애환만이 포구에 젖어
가슴에서 깊이 찰랑거리고 있다

모슬포

그 포구에 까닭도 없이
평생 가 닿고 싶었다

3월
유채꽃이 돌담 사이로
수채화를 쏟고
동백꽃이 흐드러지게 떨어지는 날

정작
비바람은 인생처럼
세차게 몰아쳤고

포구에는 닻을 내린 온갖 배들이
성게 알처럼 서로를 껴안고
깃발들을 바람에 내맡긴 채
강하게 휘날리고 있다

저 남쪽 어디라도
용맹정진하며

매섭게 달려나갈 듯이,

그 어느 세파에도
굴하지 않고

그 어느 바다를 향해서라도
돌격만 기다리는
무사처럼

휘몰아치는 유채꽃
저 너머까지

정라진

바다로 떠나는 주막인
포구의 옛 이름

나도 청춘을 포구에 벗어버리고는
먼 세월로 떠나갔다

기억의 여름 부두에는
진저리쳐지도록 따라오던
비린내가 있었다

뱃전에 수없이 부서지던 파도가
어시장에 쌓이고 쌓여
흥성거리던 고함들이
소주에 젖어 비틀거리기도 하였지만
비린내는 부두가 불러주던
가슴을 파고드는 노래

바다로 훌쩍 떠나고 싶은
꿈들의 발목이 처절하게 울던

숱한 밤들

거기 흐드러지게 피어나던 봄 벚꽃이
바다 가득
배에 실려 가는 것도 보았다

이마를 씻는 파도를 넘기며
별들로 가득하던 그 밤이 오늘,
그래도 눈부신 수평선으로 달려오고 있다

두들마을에 젖다

봄비가 실낱처럼 내려오는
경북 영양
화매천花梅川을 건너
두들마을*에 젖어드네

매화꽃이 잠을 깨는
언덕 위 마을

석계石溪 선생은 400년 전
인조 때 병자호란을 피해
여기에 서원을 세워 후학을 가르치고
도토리나무를 심어
이웃과 도토리 식량을 나누었다는데

어느 소설가는 어린 시절을
여기에서 보내고
소설의 일가를 이루었다는 곳

뼈를 깎던

세월은 지나가고

방금 태어난
매화꽃 얼굴 위로
봄비가 흘러
내게도
강을 이루고 있네

* 두들마을: 석계 이시명(李時明), 장계향(張桂香) 선생이 이룬 곳

청암정 가을에 빠지다

500년 세월 너머
봉화 충재 선생이
학문과 덕행을 쌓던
청암정에도 가을이 든다기에
선뜻 길을 재촉했다

읍내에서도 고갯마루를 넘어
한참이나 외진
금계포란형의 나지막한 뒷산과
하루 종일 글을 읽듯
물소리 돌아나가는 석천계곡

거기 돌담을 쌓고
푸른 거북바위 위에 정자를 올리고
연못을 넣어
나라를 생각하며 덕행에 매진했겠다

그 세월 가고
아름드리 단풍나무에

뉘엿뉘엿 가을이 찾아들어
내 마음도 뜨겁게 물드나니

그 뜨거운 혼이 아직
가을볕처럼 쏟아지는
선생의 툇마루에 걸터앉아

시문을 짓고
나라를 걱정하고
직언을 서슴지 않았던
선비의 결기를 보나니

달실마을 가을에 앉아
회화나무 그늘을 오가며
덕과 행을 실천하던
그 평상심의 가을로 나도 성큼
깊어가고 있다

화령전 작약

이 그림은 이 시대 신여성인
나혜석 화가의 작품이다

화가는 화령전 발치에 살았고
화령전은 정조 임금의 사당이다

아마도 햇살 좋은 어느 봄날
사당 앞에 뜨거운 작약이
만개했겠고
가슴이 끓어오른 화가는
붓 가는 대로 거칠고 강렬하게
이 그림을 완성했을 것이다

200년 전
어진 임금은 수원 화성에 행궁을 짓고
슬프고도 슬픈 어머니 혜경궁의 환갑잔치를
이곳에서 펼쳤다고 했다

이 불꽃같은 화가는

사당 앞에 펼쳐진
화려하게 불붙은 작약에
붓을 휘둘렀을 것이고

나도 까닭 없이
눈이 펑펑 쏟아지는 한겨울
그 세월의 서러움이 들끓어
까마득한 수원 행궁으로 눈보라처럼
달려가고 있는 것이다

광릉숲

역사의 길은 멀고도 험하여
인생 후반에야
그 숲에 다다랐다

마침 5월이라
숲은 아이들 눈동자처럼
푸르고 반짝거렸다

크낙새와 하늘다람쥐가
아롱거려
숲속을 마구 헤매었는데

500년이 지난
임금의 능엔 왠지 까닭도 없이
지나쳤는데
그게 화禍라면 화였을 것이다

주차비를 정산하고
지갑을 통째로 흘려

오후를 망쳐버린 것이다

나도 저 광활한
숲에 이르러
내 몸이 나를
증명할 것은
어디에도 없었으니
그저 지구의 허깨비였다

사천 물회

그대는 사천 물회를 꼭
드시고 가야 한다고
봄이 연두를 뿌려대는
보석 같은 바닷가로 이끌었다

사천은 물회로 유명한 포구,
물회는 담백하고 상큼하고 시원했다

또한 사천은 교산 허균의 어릴 적 고향
이무기 交蛟에 메 산山,
교산은 그의 호이기도 했지만
사실 그의 고향 동산의 이름

그의 시비는 지금 사천 바다를 바라보며
교산에 있다

어쩌면
소설에서 얘기했듯이
슬프고 배고픈 사람들에게

사랑을 나눠주고 싶어했으리라

지금도 소금 바다는 갈증이 없는
청춘이고
노래이고
연애였다

장소 너머, 사랑 그리고 풍화

김창균(시인)

눈이 펑펑 내려 쌓여도
오지 않는 사랑은 애달픈 것,

식당도 모두 문을 닫아걸어
배가 허물어져도
사랑이 오지 않으면 더더욱 애절한 것
— 「안동역」 부분

1

정지용은 윤동주의 유고 시집 서문을 쓰면서 "서(序)랄 것이 아니라 내가 무엇이고 정성껏 몇 마디 써야만 할 의무를 가졌건만 붓을 잡기가 죽기보담 싫은 날 나는 천의를 뒤집어쓰고 차라리 병 아닌 신음을 하고 있다"고 했다.

이런 정지용의 심경 토로가 이 글을 쓰는 나의 심정과 어쩌면 이렇게도 똑같은지….

마음껏 공간과 장소를 향유조차 할 수 없는 시대, 서로에게 거리를 두고 하루하루를 견디는 시대, 지금은 그 거리가 고착되어 우리 서로 더 가까이 다가갈 수 없는 지경에 이를까 두려움이 앞서는 시대이다. 하여 우리는 광활하고 막연한 공간이 아니라 그 어느 때보다 삶의 흔적이 묻어 있는 '장소'가 그립다. 그러한 장소에서 서로를 호흡하고 누군가의 삶에 장단을 맞추던 그런 시절을 회복할 날을 간절히 바란다.

인간과 장소와의 정서적 유대감 즉, 장소에 경험과 추억을 더해 친밀감을 느끼는 '장소애(場所愛)'라는 개념을 소개한 이푸 투안은 『공간과 장소』라는 책에서 우리 인간이 겪는 '경험'과 그곳에서 느끼는 우리의 '감정'이 중요함을 역설한다. 인간과 인간 사이에 관계가 형성되지 않는 곳이 공간이라면, 인간이 의미를 부여하고 자신의 생을 투사한 곳은 장소가 된다. 특히, "공간에 우리의 '경험과 감정'이 녹아들 때, 즉 공간에 의미와 가치를 부여할 때 그곳은 '장소로 발전'한다"고 그는 말한다.

또한 우리 인간이 살아가는 데는 '물리적 공간'뿐만 아니라 '애틋한 마음이 깃든 장소'도 필요하다. 그 장소에는 시적 화자의 인생과 이야기와 삶의 문화가 어우러져 있으며 추억 또한 웅크리고 있어 척박한 생을 견디며 살아가는 든든한 발판이 되기도 한다.

이번 조성림의 시에는 그런 장소에 대한 기록이 곳곳에 배치되어 있다.

그 포구에 까닭도 없이
평생 가 닿고 싶었다

3월
유채꽃이 돌담 사이로
수채화를 쏟고
동백꽃이 흐드러지게 떨어지는 날

정작
비바람은 인생처럼
세차게 몰아쳤고

포구에는 온갖 배들이

닻을 내리고 성게 알처럼 껴안은 채

깃발들을 바람에 내맡긴 채

강하게 휘날리고 있다

저 남쪽 어디라도

용맹정진하며

매섭게 달려나갈 듯이,

그 어느 세파에도

굴하지 않고

그 어느 바다를 향해서라도

돌격만 기다리는

무사처럼

휘몰아치는 유채꽃

저 너머까지

— 「모슬포」 전문

 시인의 장소에 대한 사랑과 갈망은 어디에서 비롯되었을까? 혹시, 현재적 삶의 불안과 공허를 새로운 장소를 통해 해결하려 한 것은 아닐까? 아니면 장소를 통해 자신의 경험을 드넓게 쌓고 장소와 호흡하며 소속감을 형성하여 자신과의 정서적 유대를 강화하려는 의도는 아니었을까? 어쩌면 시인은 이 두 가지 다 갈망하고 싶었을 것이며 그 이상을 실현하고 싶었을지도 모를 일이다. 이 시에서 시인은 "까닭도 없이 그 포구에 평생토록 가 닿고 싶었다"고 고백한다. 그러나 거기에 닿고 싶은 마음에 까닭이 없을 리 없다. 그는 그가 평생토록 닿고 싶었던 포구에 닿아 인생을 단련하고 그곳에 깃든 것들에 말을 붙이며 정서적 유대를 형성하고 싶었을 것이다. 그리고 시인은 "그 어느 세파에도 / 굴하지 않고", "휘몰아치는 유채꽃 / 저 너머까지" 자신의 인생을 밀어붙이며 '펜을 든 무사처럼' 미지의 장소 그 너머까지 가 닿고 싶은 바람을 실현하고 싶었을 것이다.

거기 소스라치게 높은 뼝대에는
원앙을 금실로 키우기도 했는데
절벽이 절망만이 아니라고
저돌적으로 굴러떨어지는
겁 없는 어린 원앙들을
가슴으로 받아내는 동강이
더욱 새파랗게 질리는 것도 보았다
―「동강」 부분

그리고 그가 자신을 몰아쳐 닿은 장소에서 깨닫고 느낀

것은 "절벽이 절망만이 아니라"는 생에 대한 긍정적 인식이며 "겁 없는 어린 원앙들을 / 가슴으로 받아내는 동강"의 넉넉함이었을 것이다. 이렇듯 시인의 인식은 장소를 통해 확장되고 깊어진다.

저 골짜기의 끝자락
산사가
천년처럼
초록 사이에서 고요하다

백련사白蓮寺
그 하얀 연꽃은 어디 가고

가시투성이의 훤칠한 엉겅퀴꽃이
몇 줄기 치솟아
부처처럼
빛나고 있다
― 「무주 구천동」 부분

이렇게 확장된 인식을 기반으로 시인은 백련사라는 장소에서 연꽃이 아니라 "가시투성이의 훤칠한 엉겅퀴꽃이 / 몇 줄기 치솟아 / 부처처럼 / 빛나고 있다"는 가시투성이의 엉겅퀴에 주목하며 이를 통해 사물 속에서 부처를

보는 혜안을 얻는다. 하여 시인은 마침내 그가 꿈꾸는 궁극적 지점인 장소 그 너머에 "빛나"게 가서 닿는다.

2

이 시대 예술의 대부분은 자본의 논리나 어떠한 시대적 경향 및 시류에 따라 생산되거나 소비된다. 그러나 이러한 경향에서 자유로운 사람 중 하나가 조성림이다. 과도하게 인위적이지 않고 시류나 경향에 편승하지 않는 시인!

그는 몇 년 전 교직 생활을 마치고 교외에 소박하고 아담한 집필실을 마련하여 집과 작업실을 오가며 시 쓰기에 전념하고 있다.

작년 산골 산방에
매화 두 그루를 모셔 왔는데

올 햇봄엔
햇살처럼 매화꽃이 터져
몇몇 시인과 화백을 모셨다

시인은 청매화꽃을 처음 보았다 했으나,

사실은 매실을 보았으니
매화꽃을 놓친 듯했다

꽃들이 사람을 부르니
더욱 귀한 자리 아닌가

사람도 꽃잎처럼
잠시라도
술잔에 꽃잎 띄워
한 수씩 읊고 갔으니

옛날의 풍류가 되살아오고
꽃잎이 창문에 어리어
그윽한 향기의 시간에 다다랐다
　　　　─「매화 시회」 전문

　　매화가 핀 산방에 시인과 화가를 초대하여 술잔을 기울
이고 시를 얘기하며 취하는 시인! 자신을 꽃잎처럼 술잔
에 띄워 친구에게 권하는 풍류객! 이렇듯 그는 늘 넉넉하
게 사람을 모시거나 시를 모실 줄 아는 시인이다. 이 글을
쓰는 나 또한 그 눈앞에 선한 풍경에 동참하고 싶은 마음
을 감출 수 없다.
　　또한 목하 시인은 도시의 집과 변두리 작업실을 오가며

자연을 세심하게 보는 눈을 예리하게 기르는 중이다

　　씨앗들은 제각각
　　모양과 크기가 달라도 모두
　　생명의 그림자를 품었다

　　씨앗들은 어두운 땅속에서
　　자신을 버려
　　거짓말처럼 새싹을 내밀 것이다

　　옥수수 활콩 상추 시금치 얼갈이배추 무 근대 파를
　　차례대로 묻으니
　　무슨 신성한 의식 같았다

　　일상생활을 받쳐주는 고귀한 이름들…
　　ㅡ「곡우」 부분

　　시인은 크기가 제각각인 씨앗들을 심으며 씨앗 속에 숨어 있는 생명을 본다. 자신을 버려야 싹을 틔울 수 있는 씨앗의 운명, 자신을 버린 후에 얻을 수 있는 신성성과 고귀함을 씨앗을 통해 새삼 발견한다. 그리고 "자작나무 숲으로 / 하얀 밤이 들어차고 // 자작나무의 하얀 그림자를 / 분간할 수 없는 밤 // 그 어느 혁명도 결국은 / 백야를 /

순조롭게 다스린 적이 없었다"(「백야」)는 인식을 통해 인간이 세계를 전복하기 위해 시도하는 그 어떤 혁명도 자연의 질서나 순리는 절대 훼손하거나 다스릴 수 없다는 사실을 확인시킨다.

시인은 이번 시집을 통해 어디에 닿고 싶었을까? 칼 야스퍼스는 "모든 현 존재는 그 자체에 있어서 둥근 듯이 보인다"고 했다. 이를 두고 바슐라르는 "존재의 둥긂, 혹은 그 존재적 둥긂은 가장 순수하게 현상학적 명상을 통해서만 그 직접적인 진리 가운데 나타날 수 있는 것"이라 했다.

둥근 해와
둥근 달과 같은
수레

그 많은 세월 동안
딩굴고 딩굴어
수레바퀴가
둥글어졌습니다

뼈아픈 세월일랑
보랏빛 여명 속에
꽃이 되었습니다

이 모든 것은

그대에게 가는 수레

나는 보랏빛 등짐을 지고

나귀와 같이

그대에게로 가는

둥근 세월

　—「수레국화」 부분

　"둥근 해", "둥근 달", "수레국화" 이것들은 둥글어지기 위해 뼈아픈 세월을 뒹굴며 지나온 것들이고 이 세월을 지나 비로소 꽃이 되는 것이다. 그러나 시인에게 있어 이 존재적 둥긂은 시적 화자가 아닌 타자를 향해 있으며 온전히 타자를 위한, 타자에게로 가기 위한 것이다. 이렇듯 시인은 가장 순수한 현상학적 명상을 통해 자신의 소멸로 타자를 빚는 어떤 진리의 경이에 닿고 있는 것이다. 이와 같은 경이는 "거기 // 사랑 아닌 것 어디 있겠는가"(「소양강에 나를 씻다」)라는 인식을 낳으며, "배가 허물어져도 // 사랑이 오지 않으면 더더욱 애절한 것"(「안동역」)이라는 표현에 이르러 시인은 둥긂 속에서 마침내 사랑을 살아내려는 내면 의지를 다진다.

　시인이나 이 글을 쓰는 나나 어느덧 서서히 늙어간다.

물론 이 글을 쓰는 나는 시인의 뒤를 쫓으며 여러 발자국 뒤에서 늙어가지만 말이다.

　늙는다는 것이 아름답다는 것을 보았는가

　수십억 년의 늙음이
　마치 무사의 머리 같다는 바위에
　바다의 파도가 하루도 쉬지 않고
　새기고 새긴 세월의 주름이
　저토록 빛나는 것을 보았는가
　—「백령도 두무진」 부분

　늙음의 아름다움을 아는 시인, 빛나는 주름을 볼 줄 아는 시인, 이렇게 깊고 세심한 눈과 고양된 정신을 가진 시인을 만난다는 것은 참으로 그윽한 삶의 즐거움을 얻는 것이리라. 모센 모스타파비(Mohsen Mostafavi)와 데이빗 레더배로우(David Leatherbarrow)는 『풍화에 대하여』라는 책에서 "건물은 마감 공사로 완성되지만, 풍화는 마감 작업을 새로 시작한다"고 했다. 늙음은 무엇인가를 완성하기 위한 시작인 것이다. 그러므로 낡고 늙어가는 것은 부정할 현상이 아니라 필연적으로 긍정해야 할 현상이다. 이제 시인을 포함한 이 땅의 나이 들어가는 예술가들은 아름답게 풍화되어야 할 때이다. 아니 아름답게 무엇인가를 시작해야 할 때이다. 우리, 우리가 알고 있는 모든 사람들이 아름답게 풍화되어가며 둥글게 사랑할 수 있길 이 시집을 읽으며 서로에게 빌어주자.

시인의 앞날에 지극한 사랑과 시가 깃들길 기원한다. 🉑

달아실시선 55

멧새가 와서 사랑처럼 울었다

1판 1쇄 발행	2022년 6월 24일
지은이	조성림
발행인	윤미소
발행처	(주)달아실출판사
책임편집	박제영
디자인	전형근
마케팅	배상휘
법률자문	김용진
주소	강원도 춘천시 춘천로 257, 2층
전화	033-241-7661
팩스	033-241-7662
이메일	dalasilmoongo@naver.com
출판등록	2016년 12월 30일 제494호

ⓒ 조성림, 2022
ISBN 979-11-91668-43-8 03810